KB066486

수렴의 시간

수렴의 시간
최성자 시조집

초판 인쇄 2024년 07월 25일
초판 발행 2024년 07월 30일

지은이 최성자
펴낸이 신현운
펴낸곳 연인M&B
기 획 여인화
디자인 이희정
마케팅 박한동
홍 보 정연순
등 록 2000년 3월 7일 제2-3037호
주 소 05056 서울특별시 광진구 자양로 73(자양동 628-25) 동원빌딩 5층 601호
전 화 (02)455-3987 팩스 (02)3437-5975
홈주소 www.yeoninmb.co.kr
이메일 yeonin7@hanmail.net

값 12,000원

ISBN 978-89-6253-573-0 03810

* 이 책은 충주시, 충주문화관광재단의 후원을 받아 충주문화예술지원 사업의 일환으로 발간
되었습니다.

수렴의 시간

수렴의 시간

최성자 시조집

연인M&B

시조를 쓰는 날,

하나의 상처가 아문다.
하다 만 사랑이 완성된다.
누군가를 만나 마음을 나눈다.
과거와 미래가 지금이 된다.

그리고,

온 세상이 내가 되고
더러, 온 세상이 남이 되기도 한다.

그렇게,

규칙적인 심장 소리에 맞춘 마음,
화양연화 한 권이 되었다.

2부 양(樣)

3부 연(年)

4부 화(華)

1부

화(花)

아침

껍데기 벗어던진
한밤을 치러내고

무향의 하얀 알몸
방안 가득 앉았네

몽롱이
실눈을 뜨고
맞이하는 반가움

초승달

약속도 하지 않고
마주한 너와의 밤

어쩌다 뾰족 얼굴
맘고생 많았구나

말 못할
그리움 삼킨
내 마음과 같았을까

무심교에 앉아

오는 이 반가울까
이리도 고요한데

가는 이 아쉬울까
저리도 평온한데

빈 마음
채울 거라곤
연잎 위에 햇살뿐

속마음 들춰 보려
무심교에 앉으니

오로지 임을 향한
손 모은 작은 소망

덧없이
가는 세월에
안부 하나 던지네

* 무심교: 파주 벽초지 수목원에 위치.

14

빙설

얼음꽃 떨어지네
황홀한 흰 빛으로
겨울에 피어나는
차디찬 꽃 덩어리

새하얀
사랑의 진실
마주하는 시간들

낮별들 내려앉은
눈 위를 바라보니
환하게 웃어 주는
임 얼굴 앉아 있네

만발한
하얀 꽃밭 길
그대 불러 걸을까

홍매화

봄 햇살 고백으로
부끄러운 그대 얼굴

사랑은 이런 건가
숨소리 새근대네

꽃눈들
붉어진 마음
피어나길 기다려

홍매화 가지마다
하나 된 마음이네

함초롬 입 다물고
꽃 필 날 두근대네

이제는
야무진 사랑
활짝 피어 이루리

꽃

침묵의 자양분들

고요히 숙성되어

어디나 마다않고

참 마음 고스란히

비로소

애쓴 흔적이

승화되는 꼭짓점

국화 옆에서

그 사람 겸손해서 내 마음 자꾸 가네
빛나는 가을 햇살 그윽한 금빛 미소
주름살
사이사이에
품고 있는 사연들

벌 나비 찾아와서 응석 부린 흔적들
간밤에 미쁜 달빛 고요히 다독이네
비워 낸
상실의 기쁨
심어 주고 가신 님

뒤척인 연륜일랑 한두 개가 아니네
밀쳐 둔 마음속에 압축된 단어 하나
지나온
철없던 젊음
속절없어 눈물 나

젊은 그대

가지에 나뭇잎들 조용히 떨어지고
여백의 하늘 보며 푸른 꿈 그려 본다
대지의
촉촉한 음성
낯선 설렘 안았다

서릿발 이겨 내고 아침을 맞이하며
주름 꽃 활짝 피는 눈가에 웃음소리
아직은
젊디젊으니
가을이 두렵지 않다

고독은 신의 선물 무한한 생각 시간
오래된 붓을 꺼내 향기 난 글을 쓰자
담장 밖
구절초 무리
당신 되어 피어나네

달의 유혹

뽀얀 살 드러내고
강물 속 들어앉아

환하게 미소 짓는
너를 꼭 안고 싶다

나뭇잎
한 아름 뿌려
혼자 보려 가려 두네

가을빛 그대

아직은 한창인데
채비도 안 했는데
사람들 수근대며
이별을 말하네요

내 맘은
울긋불긋한
단풍꽃이 피는데

노오란 은행나무
빠알간 단풍나무
커피 향 묻혀 놓고
갈색 잎 흩날리네

가진 것
다 내어놓는
그대 닮은 가을빛

봄이야

얇은 옷
나빌레라
살포시 걸쳐 보네

지난해
떠나간 임
아직도 잊지 못해

겨우내
다져 논 마음
꽃 피워서 맞으리

속삭임
들려오네
은밀한 사랑 얘기

꽃망울
터지기 전
내 마음 먼저 터진

가지에
흐드러진 봄
온몸으로 받으리

미몽(美夢)

달빛이
밝은 날에
잔별들 은은하고

따뜻한
임의 품은
꽃 핀 듯 향기롭네

잔바람
살랑거리니
꿈속인가 헤매네

달에 빠지다

먼발치 그대 얼굴
왜 그리 활짝 웃나요
자꾸만 달려가서
함께 웃고 싶게요

우리는
똑같은 마음
사랑이라 부를까

어제보다 커진 그대
내 마음도 커지네
이제는 그대 마음
더 잘 보이는데

새벽은
오려만 들고
이 사랑을 어쩌나

겨울나무

해가 뜬 하얀 날에
기도로 채움 한다
의연한 자세하며
비움에 경건했다
떨궈 낸
나의 잔재들
바닥 뒹굴 아프다

그 사람 닮고 싶어
하늘로 향하는 길
마음의 키를 키워
구름에 닿았을까
촉촉한
무향의 사랑
온몸으로 스민다

한 해의 순리대로
키우고 비워 내고
추위를 버텨 냄은
끝인 듯 시작이네
가끔씩
그도 힘든지
눈물 빛이 보인다

달맞이꽃

노오란
달빛 훔쳐
온몸에 물들이고

살짜기
뽐내보다
달님에 들켰다네

부끄러
노래진 얼굴
밤새도록 한숨만

갈바람

마음이 헛헛하여
한적한 들길 걷다

임 찾아 헤매이던
갈바람 만났거늘

꽃들과
바람 장난에
갈길 잊고 노니네

보리밭

우리가 사랑했던
연녹색 오월이여

일찍이 황금빛의
여름 길 들어서네

축복의
빛 세례 받은
대지 위의 숙연함

햇살이 지날 때는
들판이 넓어지고

바람이 좋은 날엔
열띤 함성 놀라웁네

까슬한
알맹이 품고
하나 이룬 푸른 꽃

짝사랑

마음 둔
그 사람이
저만치 걸어와요

가슴이
콩닥거려
할 말을 잊었어요

만나면
말하고 싶어
밤새 연습했는데

겨울 장미

낙엽이 머무르고
햇살이 비춰지니
겨울이 두렵지 않은
내 마음 아시나요
빠알간
열정의 마음
다시 피는 꽃송이

차가운 겨울바람
아랑곳하지 않고
결의에 가득 찬 듯
정열의 그대 모습
언제나
넋을 잃게 해
사랑할 수밖에 없네

야무진 붉은 입술
미소진 얼굴에는
설레는 마음 가득
그대 사랑 품었네
한겨울
흔들림 없이
피어나는 장미여

벚꽃 왈츠

얼마나 신이 나면
제 옷을 벗어 던져
사방에 뿌려 놀까
바닥이 꽃이 되네
향기에
흠뻑 취한 땅
꽃잎 덮은 황홀경

속마음 당당하게
마음껏 드러내는
사랑에 빠진 여인
부끄럼 필요 없네
온몸이
부서지도록
사랑한다 외치네

2부

양(樣)

모퉁이 코스모스

메마른 꽃 이파리
아직도 수줍다네
꽃이라 이름하고
서러운 무관심에

세상사
화려함 밀려
오다 보니 모퉁이

하늘도 무심하지
꽃씨는 비슷한데
무슨 맘 심었길래
드문 길 앉혔을까

다소곳
환한 미소로
어두운 곳 지키네

가을비

투욱 툭 꽃이 진 날

때 이른 가슴앓이

허공을 헤매이는

쓸쓸한 맥박 소리

떼구름

짙게 내려와

하늘까지 멍들게 한

목련이 질 때

애틋한
사랑의 밀어
이토록 짧을 줄이야

아프게
떨어진 살점
피보다 진한 흙의 색

거칠게
상처 난 흔적
순결한 만큼 아프다

눈이 내리네

농축된 그리움이
차곡히 쌓입니다

이별이 언급 없어
이름도 없습니다

커다란
얼굴만 남아
쏟아져 내립니다

서툰 낙엽

사람들 눈길 주던
찬란한 시절 뒤로
소슬한 바람 좋아
일찍이 떨구었네
낮은 곳
사람들 발밑
처음으로 울었네

장맛비 떨어질까
매달려 견딘 기억
이제사 고운 빛깔
모두가 어울릴 때
아뿔싸
추풍에 홀린
이른 낙엽 한 무리

붉은 노을

뒤늦은 붉은 사랑
이제사 품었건만
인연도 야속하지
쉽사리 맺지 못해
서산 끝
붙잡고 울며
토해 내는 아쉬움

언젠가 다시 만날
위로의 포옹마저
이제는 소용없다
아주 갈 모양새네
서산 끝
넘어가는 길
시꺼멓게 멍드네

선인장

아픔이 잔뜩 배겨
가시가 버팀 되네
손대면 소스라친
진물 난 흔적 보여

따스한
온기 맞으면
꽃이 필 날 오겠지

* 가정 폭력으로 힘든 어느 학생과 마음 나누기를 하며.

눈썹달

섬세한 고딕 조각
새초롬 옅은 미소
응축된 빛줄기가
틈새로 새어 나와

광휘에
둘러싼 속정
무아경 된 달 놀음

마스크

가려진 코와 입이
이제는 자연스레
익숙한 반쪽 얼굴
벗기도 어색하네

얼굴만
가리라 했지
마음마저 가렸네

잡초 1

태초의 주인이라
공적비 세워졌네
청옥산 오르막길
이름은 잡초라니
생명이 숨 쉬는 울림
일편단심 흙 사랑

인생사 힘들다 한
누군가 표본 되니
끈질긴 일어섬은
지구의 지킴이라
산기슭 무성하여도
배려 깃든 사잇길

가을 연서

가을이 풀어놓은
지난날 그리움들
바람이 실어 와서
하나씩 꺼내 주네

오늘은
꽃이 되어 온
그대 곁에 머무네

높다란 가을 하늘
목소리 들리려나
못다 한 지난 사연
바람이 실어 가네

오늘은
꽃향기 되어
그대 곁에 가 보네

커피를 마시며

내 마음 불러들인
따뜻한 찻잔 속에
달콤한 그리움이
한가득 담겼어라

동그란
얼굴 하나가
흔들리며 떠올라

꽃으로 피었다가
향기만 남기고 간
찻잔 속 깊은 사연
뜨겁게 모락모락

자꾸만
들여다보는
옛이야기 담근 질

가을 일기

그토록 기다리던
가을의 시린 내음

묻어 둔 그리움에
숨기지 못한 눈물

불어온
바람 탓하며
손수건을 꺼내네

봄이 오네

아찔한
추억 하나
겨우내 품은 사랑

가슴이
설렌 떨림
홍매화 피려 하네

알알이
그리움 터진
봄이 오면 어쩌나

칠월 칠석

별들도 안타까워
구름 뒤 차마 숨은

어둡다 노심초사
달님은 반쪽 나와

살포시
오작교 밝혀
견우직녀 만나네

얼마나 애탔을까
보고픔 억누르고

오로지 하루 위해
일 년을 기다렸네

가는 밤
하도 슬퍼서
비도 울며 내리네

비이슬

풀잎들 여린 몸매
소낙비 아파했지

폭정의 여름나기
서럽던 날들 가고

영롱히
밤새 걸러 낸
아름다운 눈물 땀

겨울에는

드러난 가지 위에 외로운 새 한 마리
까칠해진 날개털 멋쩍게 들여다보네
차가운
땅바닥에는
쉴 만한 곳이 없네

창문에 들러붙은 축축한 찬 서리에
바깥은 소름 돋는 냉랭함이 진 치고
가끔씩
오가는 사람
추워 붉어진 얼굴

봄소식 아직 먼데 혹여나 긴 겨울날
기다림 못 견디고 길 나서 방황하는
누군가
문 두드릴까
넉넉하게 짓는 밥

상처 1

긁지도 않았는데 몸에 난 붉은 자국
말 아껴 찢긴 흔적 진물로 젖어 있네
자꾸만
울렁거리는
조각조각 응어리

오월 애상

아무런 말도 없이
오월을 두고 간 임
싱그런 초록 잎 위
붉어진 장미 눈물
아무도
알 수 없는 곳
주소 없는 하늘 길

꽃들이 만발하여
발길을 재촉한 날
너무나 착한 그대
꽃길로 들어섰네
오월은
이별조차도
아름다운 푸른 달

착한 별

노을이 지는 자리 또 하나 추억 남고
산등성 검푸르게 익어 간 밤의 길목
저녁별
달랑 하나가
내 마음을 붙잡네

아무런 투정 없이 외롭단 말도 없이
조금은 힘에 부친 희미한 빛의 농도
그래도
흔들림 없이
반짝이는 작은 별

어떤 맘 먹었을까 복잡한 세상 속에
하늘의 별을 보는 그 심정 알겠다네
힘들어
지친 사람들
밝혀 주는 착한 별

3부

연(年)

월하단심

달빛이 흔들리며 보이는 것은
눈에 고인 그리움 때문이지

무르익은 고요가 빛을 타고 내려오니
너울너울 심장이 춤을 추네

슬픈 건지 기쁜 건지 오묘한 춤사위
마음 뜨거운데 밤바람도 불지 않네

홀로 핀 꽃

노을빛 담아다가
한 움큼 움켜쥐고

언제 적 피었는지
초라한 구석 앉아

그늘진
담장 밑 홀로
울다 웃다 했겠지

이별 후에

살포시 내려앉은
햇살이 고독했다

꽃들이 피어나는
봄이라 외로웠다

풀었던
가슴 여미고
노을 속에 앉았다

어디쯤 가고 있나
바람 타고 간 사랑

구름도 막지 못해
흐느껴 울던 그날

여몄던
가슴을 적신
너였을까 빗방울

그리움

잊으란 말도 없이
떠나간 그대라서

오늘도 추억 펼쳐
눈물로 시를 쓰네

영원을
꿈꾼 철부지
퉁퉁 부은 내 마음

빈자리

한때는 화려하게
꽃들이 만발했고
한때는 사랑받음
열매로 보답했지
그 사랑
이제 덧없네
황폐해진 빈자리

언제쯤 찾아 줄까
꿈 같은 이름 하나
부르다 힘에 부친
생명이 아슬한데
소중한
햇살 한 줄기
따뜻하게 비추네

어떤 날 어느 모습
말없이 쌓여진 날
꿈같은 해후 따위
이제는 버렸다네
처연히
미망인 앉은
말라붙은 진 자리

갈증

마음에 두드러기
오만함 잔뜩 침투

사랑도 부족하네
그래서 인간 실격

고갈된
내적 자양분
무엇으로 쌓을까

밤거리

흐려진
옛 노래로
거리는 사각대고

낙엽의
휘파람은
가슴을 파고드네

가로등
흔들리는 밤
울컥대는 그리움

국화꽃이 핍니다

뜨락에 몽글대며
소국들 피는 소리
안과 밖 같은 마음
촘촘히 심어 놓고

꽃 주인
오간 데 없이
그리움만 피었네

아버지 가르침은
곧기가 한결같아
꽃잎들 배운 대로
줄 맞춰 피어나네

꽃 주인
무소식이라
고개 차마 못 드네

꽃무릇의 오열

이룰 수 없는 사랑
애달픔 터지고만

갈갈이 찢겨지어
부서진 마음이네

이제 난
꽃이 아니야
그저 빨간 풀이야

낙엽

잡은 손 내려놓고 이제는 쉬고 싶어
바람도 미안해하는 바싹 마른 몸뚱이
가야 할
먼 고향 길에
두고 가는 임 생각

누구의 상처인지 떨궈진 마음 받아
덧없는 잎새 하나 안간힘 쓰지 않네
가을볕
유난을 떨며
추모하네 따갑게

가는 여름

마지막
가는 모습
너 답길 바랬건만

한 계절
뜨겁게도
모조리 옭아매곤

갈바람
은근하건만
축 늘어진 뒷모습

겨울 앓이

얼음꽃 차가웁게
겨울을 차지하고
나목들 빈털터리
새들만 쉬어 가네

여전히
빈자리마다
쓰다 남은 사연들

하늘에 걸려 있는
가녀린 나뭇가지
희미한 달빛 아래
차라리 숨어 볼까

겨울밤
시름거리며
몸져누운 그리움

수렴의 시간

봄 여름 피가 끓어
젊은 날 거침없이
사랑도 맘껏 하고
하고픈 일 매달려

쉼 없는
그날들 동안
철이 들지 못했구나

가을과 겨울 동안
뒤 한 번 돌아보고
자연의 시간처럼
조용히 식혀지면

자라난
성숙한 마음
인생 순리 깨닫겠지

봄날은 간다

가로등 불빛 아래
빗줄기 서성이네

달빛은 눈 감았고
꽃잎도 울고 있네

한밤에
이별하자던
고왔던 봄이 가네

강가에서

잔물결 하염없네
오래된 기억들이
빠져도 젖지 않고
추억으로 고스란히

아프게
너무 아프게
반짝이며 흐른다

짧아도 흩날리는
앞머리 갈래갈래
상흔들 드러나는
흉터 된 자국들이

또다시
선명해지는
뒷걸음친 강 언덕

기억상실

햇살이 부딪힌 벽
고요함 집요하게
광휘로 휘둘러진
그림자 누구인가

기어이
잊혀지고 만
지난날 그 이름

가을 속내

오늘은
그대 앞에
말없이 서성이네

때 이른
이별이라
떠난단 말 못하고

달빛에
간신히 물든
나뭇잎도 서럽다네

너는, 꽃그늘 아래

순진해 멋도 몰라
단발에 앞머리 핀
만화책 입에 물고
둘이서 벌섰던 날

혼나며 소근거렸지
베르사유 장미야

민주화 운동 앞장
현실의 질곡 속에
세월이 구름 가듯
덧없이 흘러갔네

어느 곳 우거진 숲속
숨죽이며 살고지고

심연에 갇혀 버린
정의의 심정들이
언젠가 허공에서
상상의 비상을 하고

꽃들이 모조리 질 때
허락 없이 따라 저 버린

파지 줍는 할머니

수레에 인생 담아
비스듬 끌고 가신다
장판 밑, 천 원짜리는
똑바로 눕혀 놓고
등록금
곰팡내 난다
손주 녀석 오질 않네

하늘이 높은 날은
죽으면 딱 좋은 날
궂은 날은 애들 고생
맑은 날 죽으려네
수레는
파지 무게가
가벼우면 슬프다네

쌍화탕 한 병 들고
지나길 기다렸다
힘내라 내민 것은
받아서 주머니로
자식들
소식 없는데
그것마저 아끼네

상처 2

가진 자 오만함에
없는 이 구차함에
이룬 자 교만함에
갈급 자 나약함에
맘속에
쓰레기 더미
사람 본심 보이네

사랑과 배려의 맘
산산이 조각나네
겉과 속 다른 마음
시간이 답을 주네
기준이
무엇이 되어
내 맘 밟고 갔을까

4부

화(華)

밤의 밀어

부둥켜
속삭이는
밤에 핀 꽃송이들

달빛은
어두울까
슬며시 비춰 주고

구름은
해를 붙잡고
더 가리길 애쓰네

숨 막힌
낮을 뒤로
오붓함 맞이하니

영롱한
사랑 노래
가는 밤 아쉽구나

내일 밤
입맞춤 약속
꽃잎 접는 새 아침

가을밤

문밖에 가을바람
자꾸만 추근대네

지나간 추억 조각
찾아왔노라며

가슴 시린 옛사랑에
같이 흠뻑 취해 보자고

창문 틈으로 기어이
비집고 들어오네

한여름 날의 꿈

사랑의 절정이 너무 일러
꽃 이미 떨어지고

잘 보이려던 무수한 초록 잎들도
사색 깊이 늘어진다

서로가 애달파 마음 정리 못하고
들볶인 소음에 밤낮 뜬눈

꿈도 너무 뜨거우면
휘청대고 있더라

하얀 목련

가는 임
배웅하고
뒤돌아 울었다네

다소곳 임의 미소
바람도 애처로워

꽃잎에
속삭이는 말
미련 두지 말라네

아직은
이른 이별
눈물로 앙탈해도

무심한
뒷모습은
멀어져 가고 없네

힘없이
떨어진 꽃잎
달빛에도 멍드네

종자와 시인 박물관

우직하고 나지막이
뿌리내리는 소리
태초의 신비 잉태하여
해산의 기쁨 주는 자궁

마음도 씨앗이 있어
태양과 물과 땅이 함께하니
풍성한 열매 토해 내는
시인들이 모이네

모든 생명이 어우러져
사랑을 노래하리니
길이 남아야 할 그곳
종자와 시인 박물관

* 시제: 종자와 시인 박물관, 백일장 대상작.

나누기

세상이 야속하다
뒷머리 긁적긁적
종잇장 깨알 낙서
우울한 젊은 얼굴

그 마음 달래기보다
함께 나눠 덜어야

세상이 원망스러워
길모퉁 전봇대 뒤
담배 향 모락모락
숨어서 한숨 뿜네

그 마음 달래기보다
함께 나눠 덜어야

유효기간 없는 남자

달리는 자전거에 웃음을 잔뜩 싣고
버짐 핀 까까머리 허리춤 매달려서
새처럼
날아 보았지
그 남자가 고맙다

꼭 잡은 두 손에는 두 개의 십 원짜리
어색한 은행에다 처음으로 맡겨 두고
숨겨 둔
종이 통장에
처음 적힌 내 이름

친구 좋아 놀다가 동네 마당 어둑지면
저녁밥 식는다며 잡아끈 어깨동무
흘겨 뜬
하얀 눈동자
무섭다며 골렸지

눈물샘 늘어졌다 나이를 탓하면서
가끔씩 억울하게 내 추억 왜곡해도
여전히
오빠 사랑은
유효기간 없다네

나무의 경계

떨어지고 남은 이파리가 건조하다
남아 있는 내 것들을 지켜야 한다

한동안
미친 듯 서로
놀아나던 바람이건만

홍시

손가락 살며시 꾹
들락댄 흔적으로
얼굴을 곰보 만든
찬장에 감춰 둔 감

어머니
호호 웃으며
누구 짓인지 물었다

가슴이 두근거려
서로가 쳐다볼 때
큰오빠 손 들으며
동생들 아껴 줬지

붉어진
아버지 두 뺨
삼 남매의 뽀뽀뽀

레미지아

가깝게 오래 사귄 동무라 말하고
서로가 마음 통해 지음이라 부른다
전화벨
울림만으로
마음 예보 알 수 있는

기도로 생활하는 하나님 자녀 되어
툭하면 힘들다는 친구 건강 기도하지
사랑은
말이 없어도
가슴으로 와닿네

병약한 손에 든 책가방 무겁다며
뺏어 든 두 손에는 사랑이 흘러넘쳐
기어이
세상을 위한
구도자가 되었네

듬성한 흰머리에 자잘한 주름살이
쌓아 온 우정만큼 늘어만 가고
이제는
아프다는 말
하지 않고 살자꾸나

* 레미지아: 수녀가 된 학창 시절 친구, 레미지아는 세례명임.

가을 소나타

낙엽 길 염염하게
혼자서 걸어 보네
나무는 여름 동안
사연도 많았어라
수없이
사체로 분한
겹겹 쌓인 나뭇잎

푸치니 유작 아리아
아무도 잠들지 마라
조용한 밤 호통치며
공주를 사랑한다네
사랑은
수수께끼로
풀어가기 힘드네

차창 밖 보슬비는
달빛을 가리우며
아무도 모르라고
낙엽마저 흩뿌리니
입맞춤
허락하고도
수줍다는 가을날

선물

어젯밤 그대와의
달콤한 속삭임은
환희로 가득 담긴
오늘을 선물하네
영원을
약속하고픈
그대와의 사랑아

추운 날 뽀얀 서리
지상의 별빛같이
들녘에 하나 가득
피어난 하얀 웃음
시린 날
우리의 사랑
꽃이 되어 빛나리

지극히 어진 사랑
바람에 실려 보낸
따뜻한 임의 마음
평온의 힘을 주네
꽃 화관
머리에 얹고
그대 손을 잡는 날

마지막 잎새

기약된 이별에도
슬픈 맘 못 누르네

처량한 나뭇가지
눈물 밴 미소 인사

바람도
차마 못 거둔
아름다운 인연 끈

위안

그대가 걸어온 길
꽃길만은 아니었죠
슬픔이 강물 된 날
자꾸만 기억나요
그래도 이젠 괜찮아
함박웃음 꽃피니

사계절 지날 때면
덧대진 굳은살들
마음이 쓰라려서
속울음 삼키던 날
그래도 괜찮답니다
꽃씨 잔뜩 심어서

가을밤 비는 내리고

어스름 해는 지고
고단함 숨기려듯
사뿐히 찾아드는
그대의 젖은 걸음

살포시 임 어깨 안아
토닥이고 싶어라

한적한 골목길에
가을비 추적이고
가로등 불 밝히니
조명등 필요 없네

애틋한 초가을 밤은
사랑하기 좋은 날

잡초 2

들풀로 불러 줘요
잡초라 하지 말고

하늘이 축복해 준
흙에게 바친 사랑

싱그런
풀 향기 품은
나도 한번 봐 줘요

겨울 찬가

빈 가지 사이사이
썰렁한 바람 앉아
먼발치 아른대는
새봄을 기다린다
꿋꿋함
인고의 계절
달콤하다 말하리

모두가 잠드는 밤
꿈틀댄 소망 하나
겨울은 밤을 새워
하얀 꽃 피워 낸다
영양분
움켜 잡고서
숙성하는 시간들

차가운 긴 겨울밤
달빛을 의지하며
함께한 지난 시간
하나씩 다독인다
추운 날
깊어만 가는
우리들의 그리움

여명

잔바람 갈라치며
침묵이 걸어온다
밤새워 찾아온 길
하얗게 꽃이 핀다

숙연히
맞이하는 길
상서로운 새벽길

고목에 꽃이 피네

비틀린 가지 위에
주름살 사이사이
꽃망울 올라앉아
새초롬 놀고 있네
세월을
이겨 낸 그대
꽃송이를 피웠네

나이는 묻지 않네
사계절 맞이할 뿐
꽃피고 열매 맺기
온정성 쏟아 내네
찬찬히
노을 지는 날
고목 향기 비로소

봄날

텃밭에 초록 눈들 빠꼼이 쳐다본다
대문 가 산수유는 자꾸만 말을 걸고

담 넘어
붉은 홍매화
눈 못 떼게 요염한데

누구에게 먼저 가 사랑을 고백할까
예쁘니 보기 좋고 고와서 마음 가고

봄 되면
심장이 미쳐
바람둥이 다 되네

사유와 성찰로 끌어올린
세상 깊은 곳의 빛나는 노래

김인수(시인, 수필가)

들어가며

우리가 살아가는 현대사회는 고도로 발달된 물질문명의 시대이다. 지구상에 최초의 인간이 생겨난 이래 2백만 년 동안 인류의 역사가 이어져 오면서 인간은 만물의 영장이라는 위치에서 한 번도 위태로운 적이 없었다. 바로 인간만이 할 수 있는 생각과 정신의 위대한 승리 덕분이었다. 하지만 이제는 상황이 달라졌다. 안심할 단계도 지났다. 과거의 상상을 현실화시킨 물질문명은 독보적인 인간의 위치를 위협하고 있다. 인간과 인간을 닮은 기계의 경계가 모호해져 가고 흐려지고 있으며 인간을 능가하는 것들이 속속 우리의 앞에 등장하고 있다. 심각한 위기의식을 느낄 정도이고, 위기의식을 느껴야만 한다.

인문학적 관점에서 인간과 기계 사이 경계의 모호성은 대단히 중요한 의미를 지닌다. 경계는 구분이다. 어떠한 기준에 의하여 분간하고, 분간되는 한계이다. 한계라는 말에서 넘어설 수 없는 숙명이 느껴지기까지 하지만 그건 옛말이다. 이젠 그 경계가 언제든지 허물어

109

질 수도 있고, 어느 때고 넘어설 수도 있는 시대를 살아가고 있다. 이에 대한 사유와 성찰은 대단히 엄중한 경고로 이어진다. AI든 로봇이든 인간이 만들어 낸 물질문명의 소산은 어떠한 일이 있어도 인간과의 경계를 넘어서면 안 된다는 경고이다. 이 경계가 흐트러지고 모호해지면서 인간 스스로, 아니면 인간도 모르게 AI나 로봇이 이 경계를 무너뜨리려고 한다면 그때부터는 이 세상에는 영화나 드라마, 소설에서나 보았던 끔찍한 재앙이 닥쳐올지도 모른다. 그 경계를 지켜 내고 막아 내는 것, 그것이 지금 이 시대를 살아가는 우리가 할 일이고, 그걸 가능하게 하는 가장 중요한 무기가 바로 인문학임은 너무나도 자명하다.

좀 더 좁혀서 문학적인 관점에서의 경계를 보면 또 다른 의미를 느낀다. 이제는 관점의 전환이고, 발상의 변환이다. 할 수만 있다면 문학은 끊임없이 서로의 경계를 허물어야 한다. 장르라는 낯선 이름으로 양식과 형식을 갈라놓으며 구분 짓고 높은 벽을 세웠던 그 경계를 허물어야 한다. 그것은 오랜 시간 동안 한계를 지어 놓고 억눌러 왔던 억압의 탈피이자 해방이다. 문학에 있어서의 경계의 허묾은 공존이다. 틀은 무섭다. 생각을 가두고, 정신을 한정 짓는다. 더 이상 뻗어 나가지도, 받아들이지도, 새롭게 변신하지도 못하게 한다. 그 경계를 문인은, 작가는 차마 넘어설 생각을 하지 못하고 늘 한계를 지었다. 자기 자신의 사유와 독자들의 생각을 그 안에만 머물게 했다. 하지만 인류의 정신문명의 발전은 그 가둠과 한계를 조금씩 조금씩 거둬 내고 있다. 이는 확장이고 발전이다. 포용이고, 융합이다. 그런 면에서 문학에 있어서 이 경계의 허묾, 장르 간의 모호성은 대단히 의미 있는 일이라 아니할 수 없다. 시와 시조의 경계, 시와 산문의 경계, 산문과 소설의 경계가 모호해지는 것을 기꺼이 받아들이고 환영해야 하는 이유일 것이다.

지금 우리는 한 시인의 보석 같은 시조집을 만난다. 시조라는 문학의 한 장르가 우리나라 고유의 정형시라는 것은 문학에 조금이라도 관심이 있는 독자들이라면 누구나 다 알고 있을 것이다. 시조라는 말을 듣는 순간부터 이미 우리의 머릿속에 잠재해 있는 그 무엇인가가 깨어나고 있다. 바로 운율이다. 언어학에서 말하는 성조, 억양, 강세, 리듬, 음장 등 포괄적인 의미에서의 용어라기보다는 숫자로 표시된 아주 한정된 차원에서의 운율이 떠오를 것이다. '3434 3434 3543' 우리가 통상적으로 알고 있는 시조는 바로 이 숫자가 가리키는 운율 속에 매몰되어 있다. 약간의 허용은 있을지언정 대체로 벗어나는 순간 시조로서의 의미와 가치를 상실하는 것처럼 지금까지 배워 왔고, 생각해 왔다. 하지만 정말 그럴까? 과연 이 숫자가 그렇게나 철벽같은 경계를 유지할 정도로 완강하게 버티고 서 있는 철옹성일까? 궁금하지 않을 수 없다.

참으로 다행스럽게도 그 궁금증은 오래가지 않는다. 단번에 해결해 줄 수 있는 시인과 작품을 지금 우리 두 손에 잡고 있기 때문이다. 그것이 최성자 시인의 신작 시조집 「수렴의 시간」이다. 시조의 형식을 빌려 시의 자유정신을 마음껏 노래한 시인으로 인해 문학에 있어서의 경계를 때론 의식하기도 하고, 과감하게 허물기도 하면서 색다른 지적 향연을 마음껏 누릴 수 있다. 이 호사는 전적으로 시인의 탁월한 작가적 역량 덕분이다. 한 작품씩 접할 때마다 그 결과가 결코 한순간에 이루어지지 않았음을 알게 된다. 장석주 시인이 〈대추 한 알

〉에서 노래했듯이 저 안에 태풍 몇 개, 천둥 몇 개, 벼락 몇 개가 들어 있는지 채 가늠하지도 못할 것이다. 하지만 한 장 한 장 넘기다 보면 저절로 저 안에 무서리 내리는 밤은 몇 밤이었을 것이며, 과연 땡볕 두어 달과 초승달 몇 낱이 담겨 있음을 깨달을 수 있을 것이다.

「수렴의 시간」은 최성자 시인이 펴낸 두 번째 시집이자 첫 번째 시조집이다. 이 말인즉슨 시와 시조의 경계를 허물게 되면 두 번째이고, 경계를 세우면 첫 번째라는 뜻이다. 최성자 시인이 넘나드는 사유의 확장을 통해 앞서 언급한 구분의 모호성을 사유하면서 경계를 함께 뛰어넘을 수 있는 기회를 누릴 수 있어 좋다. 필자는 개인적으로 오늘날에 와서 굳이 시와 시조를 구분할 필요가 있을까 싶은 생각도 하고 있지만, 그럼에도 불구하고 여전히 시조는 별도의 경계를 단단하게 세우고 있다. 그렇다면 분명히 인정해야 한다. 다만, 형식은 인정하되 우리의 사유는 그 경계를 과감하게 허물고 나서야 한다는 뜻이다. 그 답을 바로 최성자 시인이 은근하면서도 명쾌하게 우리에게 알려 주고 있기에 이 시조집이 갖는 의미가 더욱 남다르다.

또 하나 중요한 부분은 그 안에 담긴 시인의 사유와 성찰이다. 남다른 시인의 관점을 통해 함께 체득하게 될 그만의 사유와 성찰을 통해 인간 정신의 확장이 어디까지인지 가슴 깊이 받아들이고 느낄 수 있는 귀한 시간을 경험하게 된다. 관점은 쉽게 말해 세상을 보는 눈이다. 시인의 눈은 우리의 눈과 같은 눈이지만 같지 않다. "보는 눈이 다르다."라는 말을 아주 실감나게 설명해 주고 있음을 느낄 정도이다. 그 눈으로 받아들이고, 그 생각으로 숙성시킨 작품 하나하나가 인간 자체가 왜 위대한지 웅변으로 알려 주고 있다. 인간이 창

조한 문명이, 예술이, 문학이 왜 소중한지 자상하고 섬세하게 가르쳐 주고 있는 것이다. 그런 차원에서 최성자 시인의 시조집 「수렴의 시간」을 만나는 일은 그야말로 개개인의 삶을 수렴하는 일이고, 세상을 수렴하는 일이며, 태양과 지구와 달이 공존하는 우주 속에 우리의 몸과 정신과 영혼을 풍덩 빠뜨리며 돌아보는 일이다. 시인의 생각을 따라 맘껏 넘나드는 그 경험이 우리의 삶을 보다 더 아름답고 풍요롭게 만들 거라 확신한다.

최성자 시인의 시조집 「수렴의 시간」은 총 80편의 시조로 구성되어 있다. 그 안에 들어 있는 핵심 주제이자 구분은 '화양연화(花樣年華)'이다. 화양연화는 흔히 인생에서 가장 아름답고 행복한 순간을 표현할 때 자주 쓴다. 하지만 조금 더 깊게 들어가 뜻을 새겨보기로 하자. 시인은 분명 더 구체적으로 그의 시들을 화양연화 속에 녹여냈음이 분명하다. 화양연화는 각각 '꽃화(花), 모양양(樣), 해년(年), 빛날화(華)'라는 한자어를 쓴다. 풀어쓰자면 꽃의 모양, 해의 빛남이다. 최성자 시인의 시조집에서 이 화양연화는 시인의 언어로 재탄생한다. 꽃은 이 세상을 살아가는 우리들, 모든 사람들이다. 양은 그런 사람들이 살아가는 모습, 즉 삶의 모습이다. 해는 매일매일 우리가 마주하고 살아가는 시간들이다. 화는 순간순간의 모든 빛나는 시간들이다. 그리하여 마침내 사랑으로 귀결된다. 결국 시인이 사유하고 성찰하면서 끌어온 '화양연화'는 우리가 늘 입에 달고 사는 '카르페 디엠'이라고 할 수 있다.

시인의 화양연화는 바로 지금 이 순간이다. 이를 누구보다도 깊이 깨닫고 있는 시인은 독자들 모두에게도 지금 이 순간이 당신의 화양연화라고 소리 높여 외치고 있다. 시인의 시집을 손에 들고 화양연화를 맘껏 즐기는 독자들을 상상하는 것만으로도 의미 있다. 더이상의 설명이 필요치 않다. 그것만으로 이미 차고 넘칠 정도로 충분하다. 이제 우리 모두는 시인을 따라 저마다의 화양연화를 소리 높여 외치며 즐기기만 하면 될 뿐이다.

1. 그리움, 그 끝없는 사랑의 연가

약속도 하지 않고
마주한 너와의 밤

어쩌다 뾰족 얼굴
맘고생 많았구나

말 못할
그리움 삼킨
내 마음과 같았을까

_〈초승달〉 전문

우리가 세상을 살아가면서 수시로 만나는 그리움이라는 감정은 기본적으로 상실과 결핍으로 인함이다. 내가 보고 싶어하는 그 무엇, 그 누군가가 내 곁에 없기에 보고 싶어 애타는 마음이다. 그 마음은 단순히 우리의 눈에 보이는 차원을 뛰어넘고, 시공간을 넘어선다. 그리움이라는 감정은 과학으로도, 철학으로도 정확하게 끄집어내기 쉽지 않지만 우리는 안다. 무엇이 그리움인지를.

〈초승달〉에서 우리는 그러한 그리움을 만난다. 그냥 그리움이 아나라 절절한 그리움이다. 초승달은 초저녁 서쪽 하늘에 보이는 아주 가는 달이다. 낮에는 햇빛 때문에 보이지 않고, 서쪽으로 질 때만 볼 수 있다. 보름달처럼 주목받지 못하는 달, 어느 날 아주 잠깐 나타나 금방 사라지는 달, 어떨 땐 왔다 갔는지조차 모르는 달이다. 그러니 초승달은 그 존재 자체로 그리움일 수밖에 없다.

시인의 그리움은 세상 곳곳으로 향한다. 마음의 심연에는 그리움의 강이 흐른다. 강은 그리움의 연못에서 발원하여 다른 그리움의 강들과 만나고, 마침내 그리움의 바다로 합쳐진다. 사람의 손이 닿은 곳 없는 심산유곡의 작은 땅에서 퐁퐁 솟아나 푸른 바다가 합쳐지고 순환하는 대양의 곳곳에서 어떨 땐 그리움의 한류로, 또 때로는 그리움의 난류로 세상을 휘감아 돈다. 이쯤 되면 가히 그리움의 시인이라 불러 마땅하다. 〈밤거리〉에서 "가로등/흔들거리는 밤/울컥대는 그리움"을 노래하기도 하고, 아예 〈그리움〉이라 이름 붙인 작품을 통해 "영원을/꿈꾼 철부지/퉁퉁 부은 내 마음"이라며 스스로 철부지임을 자처하기에 주저하지 않는다. 그리움의 강도를 높이기 위해 자처한 낮아짐이다.

그래도 '초승달'이라는 존재 하나로 세상의 숱한 그리움을 묵직하게 던져 주는 이 작품이야말로 단연 압권이다. 분명 하늘에 떠 있으나 햇빛에 가려 눈에 보이지 않는 초승달, 해 질 무렵 수줍은 듯 잠시 보여 주고 다시 스스로를 가린다. 언제 나왔다 언제 들어갈지 모르니 약속할 수도 없다. 그러니 얼마나 맘고생 많았을까? 얼굴이 반쪽이다 못해 뾰족해질 정도니 말이다. 말 못할 그리움을 한 움큼 삼켜 본 사람이라면 시인의 그 마음을 충분히 알 수 있으리라. 그리

고 우리도 따라 부를 수 있으리라. 날마다, 숨 쉬는 순간마다 끊임
없이 불러야 하는 그리움, 그 끝없는 사랑의 연가를.

먼발치 그대 얼굴
왜 그리 활짝 웃나요
자꾸만 달려가서
함께 웃고 싶게요

우리는
똑같은 마음
사랑이라 부를까

어제보다 커진 그대
내 마음도 커지네
이제는 그대 마음
더 잘 보이는데

새벽은
오려만 들고
이 사랑을 어쩌나

_〈달에 빠지다〉 전문

　시인이 노래하는 그리움의 총체는 사랑이다. 그리움을 잉태하는
것도 사랑이고 그리움을 소멸시키는 것도 사랑이다. 끝없이 흘러갈
것만 같은 그리움은 결국 사랑에 빠지면서 끝이 난다. 아니다. 사랑
에 빠지고 나서도 끝나지 않는다. 그리움은 세상 끝날까지 함께 간
다. 그렇게 그리움이라는 말에는 늘 사랑이란 말이 따라붙는다. 따
로 떼어 놓고 설명할 수도 없다. 좀 더 단도직입적으로 말한다면 그
리움은 사랑이고, 사랑은 곧 그리움이다. 어느 시인은 "해가 뜨면/

너의 환한 웃음이 그립고/…별을 보면/너의 반짝이는 눈동자가 그립다"고 노래했다. 살아가는 모든 순간이 그리움이고, 살아가는 모든 순간이 사랑임을 깨달을 때만이 비로소 사랑을 통찰할 수 있다. 자! 이제 우리 모두 시인이 노래하는 그리움의 바다에 풍덩 빠져 보자.

〈초승달〉로 시작한 시인의 그리움은 〈달에 빠지다〉에서는 사랑으로 승화되고 완성된다. 이 대목에서 우리 조금 더 솔직해지자. 그리움은 과연 무엇인가? 당신은 당신의 언어로 그리움을 정의할 수 있는가? 필자부터 답한다면 결코 쉽지 않은 일이라고 말하고 싶다. 인간의 감정을 무려 마흔여덟 가지로 세세하고 구체적으로 나누어 설명한 철학자 스피노자 자신도 그 많은 감정들 속에 그리움을 채워 넣지 못했다. 왜 그랬을까? 스피노자가 그리움이라는 감정을 몰랐을 리 없다. 조금 더 사유하면서 나름대로 얻은 결론은 마흔여덟 가지 인간의 감정 곳곳에 그리움이 다 배어 있다는 것이었다. 어떤 감정에는 조금 진하고, 또 어떤 감정에는 아주 엷게, 때론 굵고 진하게, 또 때론 보일락 말락 아주 흐리게 그리움이 자리하고 있다. 사랑과 슬픔에도, 동경과 끌림, 호의와 연민은 물론 후회와 질투에도 그리움의 그림자가 드리워져 있다. 그런 그리움이 흐르는 세상은 아름답고, 그리움이 사라져 가는 세상은 메마르다. 어떤 세상을 선택할지는 전적으로 개인의 몫이다.

그리움을 노래하는 것은 인간 본연의 감정을 들여다보는 것이다. 그러하기에 그 어려운 것을 절제되고 함축된 언어 속에 섬세하게 담아내는 시인의 언어가 놀랍다. 〈달에 빠지다〉에서 그리움의 대상은

117

명확하다. 달이다. 어떤 날이든 밤하늘을 올려다보면 모습만 다를 뿐 늘 보이는 달이다. 활짝 웃는 먼발치 그대 얼굴을 바라보며 자꾸만 달려가서 함께 웃고 싶다는 시인의 마음은 달을 보며 한 번쯤은 느껴 보았을 우리의 마음이다. 시인의 달을 향한 그리움은 사랑이다. 차마 숨기지 못하고 구체적으로 고백하고야 마는 그 그리움이 풋풋하고 애처롭기까지 하다. 그리움을 향해 자꾸만 달려가고 싶다. 그리움은 어제보다 오늘 더 커진다. 더 잘 보이는 그대, 계속 보고 싶은 그대인데 야속한 시간은 기다려 주지 않는다. 속절없이 흘러간다. 새벽은 오려만 든다. 어찌할 도리가 없다. 그러니 시인의 마음이 어떨까? "이 사랑을 어쩌나" 이 한 마디면 들여다보는데 충분하지 않을까? 그리움은 결국 사랑이라는 걸 증명한다면 이 한 마디로 충분하고도 남음이 있지 않을까?

그리움, 그 끝없는 사랑의 연가를 부르는 시인의 마음은 작품 곳곳에 스며들고 녹아 있다. 〈짝사랑〉에서는 그 누구나 한 번쯤은 경험해 봤을 아련한 추억을 소환한다. 짝사랑은 마음 사랑이다. 혼자만의 마음에 둔 사랑이다. 그 사람이 눈앞에 나타났다. 저만치 걸어온다. 보는 순간부터 가슴이 콩닥거려 할 말이 생각나지 않는다. "만나면/말하고 싶어/밤새 연습했는데" 우리의 마음속에 짝사랑만큼 안타까운 그리움이 또 어디 있을까? 그리고 마침내 〈꽃무릇의 오열〉에 와서는 갈갈이 찢겨져 부서진 마음을 드러내면서 "이제 난/꽃이 아니야/그저 빨간 풀이야"라며 그리움의 극치에서 스스로를 부정하기까지 한다. 부정할래야 결코 부정할 수 없는, 그래서 더 애처롭기만 한 부정이다. 그리움의 끝이 이렇게 될 수도 있음을 깨닫는 것도 시인의 확장된 사유로 인해 맛볼 수 있는 즐거움이다.

2. 공존, 두렵게 다가오는 세상을 향한 빛나는 희망

메마른 꽃 이파리
아직도 수줍다네
꽃이라 이름하고
서러운 무관심에
세상사
화려함 밀려
오다 보니 모퉁이

하늘도 무심하지
꽃씨는 비슷한데
무슨 맘 심었길래
드문 길 앉혔을까
다소곳
환한 미소로
어두운 곳 지키네

_〈모퉁이 코스모스〉 전문

3만 년의 역사를 이어 온 호모 사피엔스 사피엔스는 9천 년 전에 와서야 비로소 문명을 만들어 냈다. 인류 역사에 비해 짧은 문명의 역사는 순식간에 고도 성장을 하며 인류의 삶을 획기적으로 발전시켜 왔고, 지금 우리는 그 절정의 문명을 향유하고 있다고 해도 과언이 아니다. 매사에 양이 있으면 음이 있는 법, 인간이 만들고 인간을 위해 발달한 문명은 이제 인간을 위협할 지경에까지 이르렀다. 먼 미래의 일이 아니다. 불과 얼마 남지 않은 가까운 미래에 인류는 스스로 만들어 놓은 문명의 이기들로 인해 심각한 위협을 받을 수 있다는 경고가 세상을 암울하게 하고 있다.

그런 세상에서 인간은 어떻게 살아가야 할까? 어떠한 가치를 품고 나아가야 할까? 답은 공존이다. 인류 상호 간의 공존이고, 인류와 자연, 인류와 창조물과의 공존이다. 무엇보다도 문명의 역사를 이어 오면서 반복한 인종과 민족, 국가와 집단 간의 적대와 갈등은 이제 던져 버려야 한다. 분쟁과 전쟁은 꿈도 꾸어서는 안 된다. 인간에게 남은 유일한 길은 공존이다. 함께 존재하고, 함께 나아가고, 함께 살아남아야 할 일이다. 인간보다 더 무서운 것들이 인간을 위협할 날이 다가오고 있기에 공존의 가치는 더 중요하다. 또한, 갈수록 인간과 인간이 아닌 것들과의 공존, 인간과 인간을 능가하는 것들과의 공존이 요구된다. 그러하기에 공존은 두렵게 다가오는 세상을 향한 빛나는 희망인 것이다.

시인은 세상의 모든 것들을 세심하게 살핀다. 함부로, 허투루 지나치는 일이 없다. 그 속에서 인간의 길을 발견한다. 〈모퉁이 코스모스〉는 공존을 향한 시인의 노력이 어디까지인지 알려 준다. 이 세상엔 꽃이라 이름하면서도 서러운 무관심과 세상사 화려함에 밀려 모퉁이에 자리 잡은 것들이 얼마나 많은지 모른다. 알게 모르게 어느덧 오래 묵은 소외이다. 그렇게 차츰차츰 모퉁이로 밀려난 사람들은 또 얼마나 되는지 가늠할 수도 없다. 이것이 지금 우리가 살아가는 세상이다. 공생과 공존보다는 철저한 약육강식의 밀림 속에서 생겨난 도태요, 소외가 깊어지는 세상이다. 아무도 관심 가져 주지 않고, 어쩌면 눈길도 줄 수도 없는 바쁜 세상에서 밀려난 것들을 생각한다는 것, 모퉁이를 돌아본다는 것이 얼마나 의미 있는 일인지 우리는 깨달을 수 있다. 시인의 그 마음이 배려이고, 희망이다. 공존 속에서만 우리는 빛나는 희망을 발견할 수 있다.

'말테의 수기'를 쓴 라이너 마리아 릴케는 경쟁과 허영심이 없는 사람들 간의 잔잔한 대화와 만남이 곧 행복이라고 말했다. 자고 나면 달라지는 세상에서 살아가는 우리들이기에 더 마음에 와닿는다. 우리는 평생을 경쟁 속에 살면서 그 경쟁을 당연한 것으로 받아들인다. 경쟁을 불편해하면서 내색하지도 못한다. 받아들이지 못하고, 내색하는 순간부터 경쟁에서 뒤처졌다고 생각하기 때문일지도 모른다. 심지어는 경쟁을 불편해하는 것 자체가 경쟁에서 떨어져 나갔다고 생각하는 사람들도 있다. 모퉁이 코스모스를 생각하는 시인과 같은 마음을 품은 사람들로 인해 세상은 여전히 살만하다는 것을 우리는 안다.

> 사람들 눈길 주던
> 찬란한 시절 뒤로
> 소슬한 바람 좋아
> 일찍이 떨구었네
> 낮은 곳
> 사람들 발밑
> 처음으로 울었네
>
> 장맛비 떨어질까
> 매달려 견딘 기억
> 이제사 고운 빛깔
> 모두가 어울릴 때
> 아뿔싸
> 추풍에 홀린
> 이른 낙엽 한 무리

_〈서툰 낙엽〉 전문

우리에게 있어 낙엽은 늘 "시몬! 너는 좋으냐/낙엽 밟는 발자국 소리가…"로 상징되는 프랑스 시인 구르몽의 시로 각인되어 있다. 그 효과는 우리가 상상하는 것 이상으로 어마어마해서 그 누가 그 어떤 낙엽을 노래해도 미치지 못할 때가 있다. 그럼에도 불구하고 세상의 시인들은 늘 낙엽을 노래한다. 아니, 시인이라면 낙엽을 노래하지 않으면 안 된다는 법이라도 있는 듯할 정도이다. 그 이유를 찾아보자. 오늘날 우리가 살아가는 세상에는 많은 것들이 사라지고 있다. 그중의 하나가 위로이다. 위로는 말과 행동이 같이 가는 것이다. 마음과 마음이 만나는 것이다. 이 모양 저 모양의 위로를 통해 우리는 경쟁과 허영으로 지친 마음을 회복할 수 있다. 상처를 치유하고 용서할 수 있다.

시인이 전하는 〈서툰 낙엽〉을 통해 받는 위로는 그 어떤 말보다도 훨씬 더 깊고 진하다. 마치 "저라고 없었겠습니까? 사람들 눈길 주던 찬란한 시절들이 말입니다. 잘 나갔습니다. 거칠 것 없었습니다. 시간이, 상황이, 여건이 그런 세상에서 물러나게 했을 뿐입니다."라고 세상을 향해 외치는 것 같다. 이 외침은 거의 세상 모든 이들의 외침이다. 크고 작을 뿐, 길고 짧을 뿐, 많고 적을 뿐 잘 나갔던 시절이 없었던 사람이 그 누가 있겠는가?

하지만 이제는 그런 세상이 아니다. 자신 있게 외쳤던 그 시절은 이미 지나가 버렸다. 그렇게 그 어떤 것으로도 위로가 되지 않을 때 서툰 낙엽 하나가 위로해 준다. 찬란한 신록의 절정을 뒤로하고 떨구어 낼 때가 되었다. 게다가 다른 낙엽들보다도 더 일찍 떨구었다. 그래서 서툴다. 그 울음이 마치 나의 울음이 되고, 우리 모두의 울음이 된 듯 진하게 파고든다. 위로는 그런 거다. 함께 부둥켜 안는 거다.

같이 우는 거다. 네 처지가 내 처지가 될 때 위로가 생겨나는 것이다. 그러니 낙엽은 언제 위로받겠는가? 모두가 다 고운 빛깔 잃고 낙엽 되어 함께 어울릴 때가 아니겠는가? 비록 추풍에 흘려 떨어진 이른 낙엽일지라도 조금만 지나면 다른 잎새들도 다 낙엽 되어 함께하지 않겠는가? 세상사에 힘들고 지치더라도 조금만 참으라고, 힘내라고 낙엽의 말로 간절히 위로해 주는 시인이 참으로 고맙다. 마음 깊이 위안받는다.

그런 시인의 마음을 〈선인장〉에서도 찾아볼 수 있다. "아픔이 잔뜩 배겨/가시가 버팀 되네/손대면 소스라친/진물 난 흔적 보여/따스한/온기 맞으면/꽃이 필날 오겠지" 가정 폭력으로 힘든 어느 학생과 마음 나누기를 하며 품은 시인의 마음 그것이 곧 공존이다. 〈겨울에는〉에서의 공존도 마음을 울린다. 봄소식이 아직 멀다. 그래서 겨울날은 더 길고, 겨울밤은 더욱더 길다. 기다림 못 견디고 길 나서 방황하는 이를 생각한다. 시인은 그 누군가를 생각하며 이렇게 노래한다. "누군가/문 두드릴까/넉넉하게 짓는 밥" 이 얼마나 따뜻한가? 겨울밤 갓 지어 모락모락 올라오는 김이 올라오는 밥 공기가 눈에 선하다. 공존은 그러한 따뜻함이다. 몸과 마음을 녹이고, 나아가서 인간을 살리기까지 하는 따뜻함이다. 남녀노소는 물론, 가진 자와 덜 가진 자, 강자와 약자, 장애인과 비장애인, 나아가 인간을 둘러싼 모두와 공존하는 꿈, 그것이 두렵게 다가오는 세상을 향한 빛나는 희망임을 우리는 결코 잊지 말아야 한다.

3. 인간, 그 영원한 삶과 죽음

봄 여름 피가 끓어
젊은 날 거침없이
사랑도 맘껏 하고
하고픈 일 매달려
쉼 없는
그날들 동안
철이 들지 못했구나

가을과 겨울 동안
뒤 한 번 돌아보고
자연의 시간처럼
조용히 식혀지면
자라난
성숙한 마음
인생 순리 깨닫겠지

_〈수렴의 시간〉 전문

인간은 늘 정해진 시간과 공간 속에서 살아가고 있다. 그 시공간
이 개인의 주체성과 어우러지면서 각자 각자의 삶이 된다. 우리에게
있어 그런 시간은 과연 어떤 의미일까? 우주의 역사 140억 년, 지구
의 역사 45억 년, 인류의 역사 2백만 년 속에서 시간은 어떻게 자리하
고 있을까? 시인이 노래하는 시간 속에 파묻혀 본다. 그 안에서라면
일말의 답을 찾을 수 있을까 하는 기대감을 품고 말이다. 그것은
헛된 기대가 아니다. 오랜 시간 동안 인류의 역사와 문명, 문화를 공
부하면서 통찰하고 있는 시인의 사유를 통해 듣는 노래 속에 그 답
이 있음을 느낄 수 있다.

시인은 〈수렴의 시간〉을 노래한다. 수렴이라는 단어가 새삼 반갑다. 수렴은 매우 의미 있는 일이다. 여기저기 흩어져 있는 것을 모으는 일이다. 거두어들이고 단속하는 것이다. 어떤 과정의 끝에 오는 마무리다. 수렴 속에 매듭이 있고, 수렴을 통해 마무리할 수 있다. 인간에게 주어지는 백 년 남짓한 짧은 삶의 시간에도 수렴이 있고, 수렴이 있어야만 한다. 각자의 수렴, 한 세대의 수렴, 굵직굵직한 시대의 수렴을 통해 인류는 역사를 이어 왔고, 문명을 발전시켜 왔음을 우리는 잘 알고 있다.

시인에게 있어 수렴은 봄 여름에서부터 가을 겨울에 이르기까지 일 년을 반추하면서 이루어진다. 모습은 달라도 누구나가 다 비슷할 것이다. 봄과 여름에는 생동하는 날들과 같이 우리의 몸에서도 피가 끓는다. 생각보다는 말이 먼저 나가고, 말보다도 몸이 먼저 움직일 정도이다. 사랑도 맘껏하면서 하고픈 일에 매달려 우리는 얼마나 치열하게 살아왔던가? 쉼이 없으니 철들 새가 있었을 것인가? 눈앞에 닥친 삶을 힘겹게 살아 내느라 모두 바쁘다는 핑계 대기를 주저하지 않는다. 그렇게 쉼 없는 날들 동안 우리가 얼마나 철들지 못한 채 살아왔는가를 시인의 입을 통해 고백하게 된다.

결국은 돌아봄이다. 반추이고, 성찰이다. 그 돌아봄의 대상은 역시 사랑이고, 자연이다. 저마다 자기만의 특별한 사연들이 오롯이 녹아 있겠지만, 그 모든 특별함을 모으고 모아 보면 종착지는 사랑이고 자연임을 어느 누구도 부인하지 못할 것이다. 이것이 수렴의 시간이다. 수렴 속에 인간이 있다. 그 속에 인간의 삶이 있다. 이 시간이 있어야 인간은 철들 수 있고, 성숙할 수 있는 것이며, 인간다운 삶을 살아갈 수 있는 것이다. 수렴의 시간을 통해 성숙해지고, 인생의 순리를 깨닫길 염원하는 시인의 노래는 인간의 영원한 주제인 "어떻게 살 것인가?"라는 질문에 대한 가장 정확하고 진솔한 답이 될 것이라 믿어 의심치 않는다.

> 잡은 손 내려놓고 이제는 쉬고 싶어
> 바람도 미안해하는 바싹 마른 몸뚱이
> 가야 할
> 먼 고향 길에
> 두고 가는 임 생각
>
> 누구의 상처인지 떨궈진 마음 받아
> 덧없는 잎새 하나 안간힘 쓰지 않네
> 가을볕
> 유난을 떨며
> 추모하네 따갑게
>
> _〈낙엽〉 전문

시인의 인간에 대한 사유는 끝없이 이어진다. 인간이란 무엇인가? 인간은 어디에 와서 어디로 가는가? 인간이 닿는 마지막 종착지는 어디인가? 삶과 죽음을 꿰뚫는 시인의 통찰은 인간의 실존과 본질로 향한다. '화양연화'에서 '화양'을 그리움과 공존으로 노래했다면 '연화'의 연에서는 인간 그 자체, 인간의 삶과 죽음을 노래하지 않을 수 없다. 인간의 삶은 죽음이 있기에 가치가 있고, 누구나가 피해 갈 수 없이 겪게 되는 죽음은 그들의 삶으로 인해 의미가 있기 때문이다. 그것이 보편적인 죽음이든, 개별적인 죽음이든 죽음이 갖는 부정적 이미지를 걷어 내고 본질을 들여다보면 인간의 삶이 드러나게 되고, 인간의 실존이 보이게 되는 것이다.

126

실존주의 철학자인 마르틴 하이데거는 인간의 실존은 스스로를 미래에 대한 가능성으로 지금 미리 던져 놓는 것인데, 그런 인간에게 있어 미래의 가장 확실한 가능성은 죽음이라고 했다. 비록 예측할 수는 없지만 인간은 누구나 필연적으로 죽음을 마주하기에 지금 이 순간 실존하는 것임을 사유하고 깨닫는다. 그렇게 숱한 날들을 치열한 독서와 체험을 통해 인간의 실존과 본질을 파고들었던 시인답게 그의 작품들 곳곳에서 우리는 인간이란 무엇인가를 함께 사유할 수 있다. 인간의 영원한 주제인 삶과 죽음, 그것은 세상 만물의 이치요 섭리다. 생성이요 소멸이다. 이것에서 벗어나는 것은 그 어느 것도 없다.

시인은 〈낙엽〉을 통해 이 진리를 무겁지 않게 전한다. 한때의 영화를 다 누리고 난 잎새는 어느덧 바싹 말라 있다. 가야 할 길에 선 것이다. 그 길에선 그리 안간힘 쓰지 않아도 된다. 때가 되면 가게 마련이다. 그 상징이요 전설이 바로 낙엽이다. 덧없는 잎새 하나를 통해 전하는 삶과 죽음의 모습을 세상은 늘 변함없이 지켜보고 있다. 유난을 떨며 따갑게 추모하고 있는 가을볕으로 인해 그나마 낙엽은 한생을 의미 있게 마무리할 수 있다. 세상 만물도 그러할진대, 하물며 만물의 영장이라고 하는 인간이라면 어떠할까? 쉽게 그냥 스러지지 않고, 결코 그냥 헛되이 사라지지 않을 것이란 건 자명하다. 생성하고 소멸하는 자연을 바라보며 우리가 배워야 하고 느껴야 할 것이 바로 그것이다. 삶은 시작이고 죽음은 끝이 아니라는 것, 삶과 죽음은 우로보로스처럼 영원히 이어지며 불멸한다는 것, 그것을 믿자. 그러면 인간에게는 유난 떠는 가을볕의 따가운 추모조차 필요 없지 않을까?

삶과 죽음에 대한 성찰은 다른 시에서도 찾아볼 수 있다. 〈오월 애상〉에서는 아무런 말도 없이 오월을 두고 간 임을 향한 그리움을 노래한다. "아무도/알 수 없는 곳/주소 없는 하늘 길"이라는 대목에 이르러서야 그 그리움이 어딜 향하는지 명확히 알 수 있다. 꽃들이 만발한 달에 꽃길로 들어선 임을 그리는 것이다. 그러니 마지막 대목에 와서 "오월은/이별조차도/아름다운 푸른 달"이라는 시인의 마음이 가슴속에 확 들어와 박힐 수 있는 것이리라. 그 길은 아무도 경험한 적 없고, 가 본 곳 없는 길이다. 그러나 우리는 확실히 안다. 그 누구도 피해 갈 수 없이 그 길을 가야 한다는 것, 주소 없는 하늘 길이라는 것을. 그러니 어떠해야 할까? 어떻게 살아야 할까? 마음속에서 조용히 울림이 전해져 온다. 오늘 하루가 생의 마지막 날인 것처럼 살라고 말이다.

4. 낭만, 세상 끝날까지 함께할 영원한 노스탤지어

부둥켜 속삭이는
밤에 핀 꽃송이들
달빛은 어두울까
슬며시 비춰 주고
구름은
해를 붙잡고
더 가리길 애쓰네

숨 막힌 낮을 뒤로
오붓함 맞이하니
영롱한 사랑 노래
가는 밤 아쉽구나
내일 밤

입맞춤 약속
꽃잎 접는 새 아침

_〈밤의 밀어〉 전문

세상에서 구분되어진 문학의 여러 장르 중에서 시만큼 대중들과 가까이 있는 것도 없다. 누구에게나 한두 개의 시는 늘 마음에 담겨 있고, 어디서든 한두 소절쯤은 자연스레 읊을 수 있을 것이다. 그러면서도 시는 언제나 다가가기 쉽지 않은 곳에 있고, '시인'이라 이름 붙인 특별한 사람들만의 전유물이라고 생각하기 쉽다. 특히, 최근의 시 경향처럼 시적 세계가 대폭 확대되고 다양화되면서 과거에 배우거나 알고 있었던 시의 모습과는 다소 다른 이질적인 느낌에 낯설어하는 독자들도 많을 것이다.

하지만 이는 지극히 자연스러운 현상으로 받아들여야 한다. 문학은 시대를 반영하고 상징하기에 언제까지나 변함없는 모습을 기대할 수는 없는 일이다. 다만, 그런 가운데서도 여전히 시의 중심에 꿋꿋이 남아 변함없이 독자들의 마음을 두드리는 게 있다면 그것은 단연코 낭만이리라. 화양연화의 대미인 빛날 화(華)가 바로 인간의 삶에 있어서의 낭만이다. 세상 끝날까지 함께할 영원한 노스탤지어인 낭만의 세계가 있기에 시는 본질인 문학으로서의 한 귀퉁이를 넘어 인간의 삶 속에 깊이 파고들어 자리하고 있는 게 아닐까 싶다.

시인이 부르는 〈밤의 밀어〉를 들여다보자. 제목에서부터 풍겨 오는 분위기가 예사롭지 않다. 제목 자체가 낭만이다. 밤이라는 이미지와 밀어라는 느낌이 가슴속에 확 밀려 들어온다. 마치 무슨 일이 일어날 것만 같은, 혹여 누군가에게는 역사가 이루어질 것 같은 그

129

런 기분이다. 아나나 다를까 처음부터 부둥켜 속삭인다. 주체는 밤에 핀 많은 꽃송이들이다. 낮에는 차마 부끄러워 홀로 고고한 아름다움을 뽐냈다면 밤에 누구 눈치 볼 것 없이 욕망에 충실한다. 그들을 둘러싸고 있는 모든 것들은 한순간에 조연이자 스태프가 되어 버린다. 심지어 달빛과 구름까지도 말이다.

이토록 낭만적인 밤의 밀어가 세상 곳곳에 존재한다면 병적인 불면증에 시달리는 이들이 있을까 싶다. 밤을 싫어하는 사람들도 없을 것이다. 참으로 다행스러운 건 그 밤이 끝이 아니라는 거다. 카르페 디엠의 삶이라면 내일이 올지 안 올지 아무도 모르겠지만, 그래도 내일 밤을 기대하는 마음이 있기에 가는 밤을 아쉬워하며 영롱한 사랑 노래도 그칠 줄 아는 것이리라. 오붓한 밤에 울려 퍼지는 영롱한 사랑 노래만큼 낭만적인 서사를 마음에 담는다. 내일 밤 입맞춤 약속이 오래도록 마음을 설레게 한다. 우리 그렇게 밤의 밀어를 속삭이자. 다른 시 〈가을밤〉의 낭만도 정겹다. 문밖에 가을바람 지나간 추억 조각 찾아왔노라며 자꾸만 추근대는 밤이다. 그 모습이 눈에 선하다. 가을밤의 추근거림은 거기서 멈췄을까? 아니다. 시인은 이렇게 노래한다. "가슴 시린 옛사랑에/같이 흠뻑 취해 보자고/창문 틈으로 기어이/비집고 들어오네" 밤은 그 자체로 낭만이다. 밤처럼 낭만적인 것도 세상에 별로 없다.

손가락 살며시 꾹
들락댄 흔적으로
얼굴을 곰보 만든
찬장에 감춰 둔 감

어머니
호호 웃으며
누구 짓인지 물었다

가슴이 두근거려
서로가 쳐다볼 때
큰오빠 손 들으며
동생들 아껴 줬지

붉어진
아버지 두 뺨
삼 남매가 뽀뽀뽀

_〈홍시〉 전문

시인에게 있어 낭만의 절정은 유독 남다른 가족 사랑으로 귀결된다. 시조집 곳곳에 스며 있는 그 사랑은 〈홍시〉에 와서 절정을 이룬다. 대중에게 잘 알려진 나훈아 가수의 노래 〈홍시〉가 떠오른다. "생각이 난다 홍시가 열리면/울 엄마가 생각이 난다/자장가 대신 젖가슴을 내주던/울 엄마가 생각이 난다…" 누구든지 입가에 흥얼거릴 텐데 필자에게는 시인의 홍시가 그 자리를 대신할 것만 같다. 그만큼 절창이다. 절제와 리듬과 이미지가 시인만의 언어의 조탁을 거쳐 빛나는 상징으로 세워지고, 그 상징이 바로 홍시이다. 어느 가수에게는 울 엄마가 생각나게 하는 홍시지만 시인의 마음은 울 아빠로 향한다. 그 그리움이 어떤 건지 알기에 애잔하기도 하지만, 아버지의 붉어진 두 뺨에 삼 남매가 각자 전하는 입맞춤, 뽀뽀뽀로 유쾌하게 마무리 지으면서 홍시를 영원한 사랑의 상징으로 승화시킨다. 무릇 시란 바로 이런 것임을 군더더기 없이 아주 간명하게 전하는 시인의 역량이 탁월하다.

요즘 세상에는 어디 가든 먹을 것이 지천에 널려 있지만 시인의 부모님 세대는 막 보릿고개를 벗어난 때였다. 먹거리의 대부분은 인공적인 손길이 가미되지 않은 자연에서 거둘 수 있는 것들이었다. 그러니 그 먹거리들은 철 따라 달라졌고, 한정될 수밖에 없었다. 그중 대표적인 것이 홍시였다. 홍시는 다른 먹거리와는 달랐다. 단순한 먹거리 이상의 자리를 차지했다. 가을은 물론 겨울에 이르기까지 무려 두 계절을 이으며 버틸 수 있는 보기 드문 먹거리였으니 말이다. 특히 겨울에는 딱딱하게 얼어붙어 마치 오늘날의 빙수와도 같았으니 얼마나 귀하고 귀했는지 모른다. 어른 세대에게는 아련한 향수지만, 젊은이들에게는 호랑이 담배 먹던 시절의 이야기와 별반 다르지 않을 것이다.

　시인은 홍시에 얽힌 가족 사랑을 아주 재미있고 감동적으로 노래했다. 그 장면 하나하나가 눈에 선하다. 바로 감정이입이 되어 시인의 서사가 나의 서사로, 각자의 서사로 이어질 것이다. 시인의 〈홍시〉는 노래를 넘어 한 편의 드라마이고 뮤지컬이다. 어느 누구에게나 한 두 번쯤은 다 있었을 이야기들, 장소가 다르고 모습만 달랐을 뿐 그 안에 담긴 마음은 정말 똑같았을 이야기에 푹 빠져든다. 얼마나 먹고 싶었을까? 얼굴이 곰보 되도록 손으로 만지작거렸으니. 행여 아빠에게 혼날까 봐 가슴 졸이던 세 남매의 모습이 떠오른다.

　그런데도 엄마는 호호 웃으셨으니, 그 웃음의 의미를 그땐 알았을까? 마음과 마음이 통하는 염화시중의 미소보다도 더 알쏭달쏭한 엄마의 웃음으로 인해 삼 남매의 서사는 더 맛깔스럽다. 모든 걸 다 알고 계신 아빠의 두 뺨이 어느새 붉어진다. 그래, 홍시다. 홍시는 찬장에 감춰졌던 그것만이 아니라 삼 남매를 키우느라 세찬 비바람 맞아 가며, 찬서리 마다하지 않으며 붉어지고 또 붉어졌을 아빠의 두 뺨이었다. 홍시를 베어 무는 것도 잊어버리고 어느새 붉어진 아빠의 두 뺨에 뽀뽀뽀 입을 맞추는 삼 남매의 사랑으로 그날 그 홍시는 더 붉어졌을 것이다. 그 시절 모두에게 있었을 홍시의 낭만이 더욱 그립다.

나오며

「수렴의 시간」을 손에 들고, 시인이 전하는 화양연화를 사유한다. 바로 지금 이 순간, 나는 무엇을 하고 있는가? 나는 무슨 생각에 빠져 있는가? 나는 무엇을 그리며 갈망하고 있는가? 나는 어떤 세상을 꿈꾸는가? 그것이 곧 나이고, 나의 화양연화다. 우리가 살아가는 이 세상은 그렇게 나와 다른 사람들의 화양연화가 서로 조화와 균형을 이루며 화려하게 피어날 때 빛나는 것이다. 그래야만 모두가 살 만한 세상이 되고, 위태롭지 않은 세상이 되는 것이다.

하지만, 대단히 아쉽게도 모두가 바라는 화양연화는 쉽게 다가오거나 찾아오지 않는다. 끈질긴 노력과 열정으로 직접 찾아 나서야 한다. 아주 우연하게도 빛나는 한 날이 꿈결처럼 깃들 수도 있겠지만 그것이 우리 삶의 화양연화일 수는 없다. 그러니 저만의 화양연화를 찾아야 하고, 찾아가야 한다. 파랑새를 찾아 미지의 세계로 떠나는 틸틸과 미틸처럼 과감하게 나서야 한다. 그것이 설령 파랑새처럼 이미 자기 곁에 있을지라도 찾아 나서서 발견해야만 비로소 화양연화로서의 의미가 될 수 있기 때문이다.

시인은 그렇게 했다. 시련과 역경에도 굴하지 않고 혼자만의 화양연화를 만들어 왔고, 세상 모든 사람에게 저마다의 모습에 맞는 화양연화를 선사하기 위해 어려운 길을 마다하지 않았다. 오랜 시간, 삶의 깊은 순간들을 온몸으로 부대끼며 사유하고 성찰했다. 그것이 다른 차원의 깨달음을 향한 고행이고 수행이었음을 알고 있는 필자로서는 그 시간들이 애잔하기까지 하다. 하지만 노력은 결코 배신하지 않는다. 인내는 쓰고 열매는 달다. 세상에 존재하는 삶의 수많은 아포리즘들이 이를 증명하고 있다. 그 시간들로 인해 지금 이 순간, 우리는 선물 같은 「수렴의 시간」을 손에 쥐었다.

세상 곳곳에는 얼마나 많은 빛나는 노래들이 숨겨져 있을까? 작심하고 찾아보면 사람의 크기만큼, 앎의 넓이와 깊이만큼 마치 보물찾기라도 하듯이 발견할 수 있을 것이다. 하지만 세상 깊은 곳에 이르기란 결코 쉽지 않기에 만약에 그 누가 있어 그 빛나는 노래들을 끌어모아 나 대신 불러 준다면 얼마나 좋을까? 그런 노래를 맘껏 들을 수 있다면 얼마나 행복할까? 그런 면에서 세상 깊은 곳에서 빛나는 노래를 사유와 성찰로 끌어올려 맘껏 향유할 수 있도록 해 준 최성자 시인께 고맙다. 시인의 화양연화를 가슴 깊이 품을 수 있다는 것이 얼마나 큰 행복인지 모른다. 서두에서 언급했듯이 이제 우리 모두는 시인처럼 저마다의 화양연화를 즐기기만 하면 될 뿐이다. 카르페 디엠이다.

올해는 영화 〈죽은 시인의 사회〉가 개봉된 지 35주년이 되는 해이다. "오 캡틴, 오 마이 캡틴!"이라고 부르는 학생들의 외침이 들리는 듯하다. 이 영화의 주인공 키팅 선생님이 전하는 사랑이 바로 카르페 디엠이다.

오늘을 잡으라는 시인의 마음을 키팅 선생님은 사랑하는 제자들에게 진정성 있게 전했다. 어디서든 있는 그대로 당당하라고, 때로는 상처를 입을 수도 있겠지만 그럼에도 불구하고 밝고 맑게 살아가라고 가르쳤다. 주체적인 자아로 당당하게 서서 꿈을 품고 나아가라는 것이었다. 이 세상 어떤 교실에 그런 멋진 낭만이 있을까?

생각은 오늘의 현실로 되돌아온다. 지금 우리 아이들이 다니는 학교에도 수많은 키팅 선생이 있을 것이며, 카르페 디엠이 울려 퍼지고 있을 것이라 믿는다. 아무리 삭막해졌다고 해도 없을 수는 없고, 없어서도 안 된다. 그것이 우리의 희망이기 때문이다. 삶의 낭만이기 때문이다. 학생들을 가르치는 교육 현장에 있는 시인에게는 더 힘껏 노래 부르라고 권하고 싶은 마음이 크다. 시인의 시편들이 이렇듯 애절하고 간절한 것은 아마도 현실에서 채 다 담아내지 못한 그 아련한 마음들 때문일 것이다. 그런 마음들을 귀하게 담아낸 「수렴의 시간」은 그 존재로서 탁월하다. 삶의 현장은 물론, 배움의 공간에서 시와 시조를 사랑하고 아끼는 사람들, 문학과 인문학을 품고 가는 젊은이들과 후학들에게 가히 표본이 될 것이라 믿으며 추천하기를 주저하지 않는다.

이제 글을 맺으며 우리의 삶을 수렴하기로 하자. 그 수렴 속에는 얼마나 많은 것들이 들어 있을까? 지나간 사람들, 흩어져 버린 돈이나 물건들, 잊혀진 기억과 생각들, 심지어 천진난만했고 순수했던 마음들까지 하나로 모아 정리해 보자. 좋은 날들이 떠오를 것이고, 힘겨웠던 순간들이 주마등처럼 스칠 것이다. 지울래야 지울 수도 없고, 없애려고 해도 없어지지 않는다. 수렴은 포용이기에 다 받아들일 수밖에 없다. 그 받아들임 속에서 새로운 희망이 싹튼다. 마디마디의 승리가 전체의 승리가 되듯 우리는 삶의 순간순간마다 수렴의 시간을 통해 더 가치 있고 의미 있는 삶으로 나아갈 수 있는 것이리라.

　최성자 시인의 시조집 「수렴의 시간」이 주는 의미가 바로 그러하다. 세상의 미래를 바꿀, 세상의 미래를 아름답게 만들 주체적 자아로서 모두의 화양연화를 다시금 깨닫게 해 주고 싶은 것이다. 우리의 화양연화는 지나간 삶의 그 어떤 순간이 아니다. 그것이 비록 대단히 선명할지라도 그 순간에 머무르지 않는다. 오직 지금 이 순간일 뿐이다. 이를 전하려고 시인은 드넓은 세상을 맘껏 품었다. 사소하고 세세한 것도 그냥 지나치지 않았다. "오늘을 잡으시오/할 수만 있다면 내일에 대한 믿음일랑 접으시오."라고 2천 년 전에 노래했던 호라티우스 시인의 마음과 지금을 살아가는 시인의 시간을 이었다. 그렇게 생각하는 갈대, 마흔여덟 가지의 감정을 지닌 위대한 현존재인 인간으로서 사유하고 성찰하면서, 세상 깊은 곳에서 빛나는 노래를 전하기 위해 오랜 시간 동안 간절하게 기도했음을 우리의 마음속에 꼬옥 담아 두어야 할 것이다.